LA
PEINTURE,

POËME.

MDCC. LV.

Ille per extentum funem mihi poſſe videtur

Ire... meum qui pectus inaniter angit,

Irritat, mulcet, falſis terroribus implet,

Ut magus, & modò me Thebis, modò me ponit
Athenis.

HOR. de Arte.

LA

PEINTURE

POËME;

Par M. BAILLET, BARON DE S. JULIEN.

A AMSTERDAM, & *fe trouve à* PARIS ,

Chez QUILLAU , *Libraire* , *rue S. Jacques* ,
aux Armes de l'Univerfité.

Et chez JOMBERT, *Imprimeur-Libraire, rue
Dauphine* , *à l'Image Notre-Dame.*

EXTRAIT

DU

DICTIONNAIRE

DES BEAUX-ARTS.

Page 289. *seconde édition, art.* Dufresnoy.

» ON a de ce Peintre un Poëme Latin sur son
» Art, lequel a été traduit en Italien, en An-
» glois, & en François. On l'a comparé pour le
» goût & la bonté à l'Art Poëtique d'Horace.

» En 1736. M. l'Abbé de *Marsy* a donné
» un Poëme sur le même sujet, encore en La-
» tin *, recherché de ceux qui aiment à retrou-
» ver le génie des Auteurs du siécle d'Auguste
» dans les écrits de leurs Imitateurs. On désire-
» roit que quelque Amateur traitât dans nôtre
» langue cette matière difficile par la correction
» du dessein, la richesse des idées, la variété des
» images, la vérité de coloris qu'on a droit d'y
» exiger. On nous apprend que M. *Baillet de*

* Il est traduit en François par M. Meusnier de Querlon.

A ij

EXTRAIT.

»S. *Julien* & M. *Watelet*, Affocié - libre de
»l'Académie Royale de Peinture, courent la
»même carrière : il y a lieu de leur promettre lé
»plus grand fuccès, fi l'on en croit un augure
»fondé fur le fçavoir & les talens. «

On a encore un Poëme de Perrault fur la
Peinture, mais fort plat, quoique vanté en fon
tems ; & le Poëme de Molière fur le Val-de-
Grace, qui n'eft pas digne d'un fi grand homme.
Quantis non egeo ! pourroit dire un Peintre :
auffi mon deffein n'a-t-il pas été de donner des
préceptes, mais de célébrer un Art que j'aime.

X pourroit - on ajoûter,

LA
PEINTURE,
POËME.

JE chante dans ces vers la magique imposture
De cet Art plus qu'humain, rival de la nature,
Dont le charme puissant autant qu'ingénieux
Peint jusqu'à la pensée, & parle à tous les yeux ;
Art qui donne aux objets que son feu multiplie
L'esprit avec le corps la couleur & la vie.

O toi, dont la beauté fit mon premier amour,
Peinture, que j'aimai dès que je vis le jour ;
Si depuis méprisant des discours téméraires
Qui rabaissent ton Art parmi les plus vulgaires, (1)
J'osai nourrir mes yeux, mon cœur & mes esprits

---

(1) C'est assez la coutume, surtout en France, de mépriser souvent par ignorance ou par air, ce qu'on estime au fond, ou bien ce qu'on ne connoît pas.

Des chefs-d'œuvres divers fous ton ordre entrepris,
Vien, dévoile à mes fens tes auguftes myftères,
Dirige tes crayons dans mes mains téméraires,
Allume dans mon fein ces tranfports créateurs
Des refforts du génie inftrumens & moteurs,
Ce feu noble & facré, cet orgueil de notre Etre
Où l'Homme égal aux Dieux femble fe reconnoître,
Ce don qu'aucun effort ne fauroit obtenir ;
Et qu'il faut éprouver pour te bien définir.

C'eft en vain qu'un Mortel dépourvû de génie
Du concert des couleurs veut tenter l'harmonie :
Qu'il prétend, par des traits groffiers & fans appas,
Faire paffer dans nous un feu qu'il ne fent pas ;
Ou que fier des larcins dont il fit fa Science,
Pillant dans fes tableaux l'Italie & la France,
Sans jamais par lui-même ofer prendre l'effort,
Il efpére, au moyen de ce fublime effort,
Dans fon efprit borné qu'il met à la torture
Par l'habitude enfin remplacer la Nature.
Il confume fans fruit fes foins laborieux :
Ce n'eft rien pour notre Art qu'une main & des yeux.

Fuyez ! N'efpérez rien de vos foins téméraires,
Artifans fans génie, Ouvriers mercénaires,
Qui dans ce champ de gloire attirés par la faim,
Envifagez pour but non l'honneur, mais le gain ;

Allez, portez ailleurs cette vile induſtrie :
Yvres du fol eſpoir dont votre ame eſt nourrie,
Il faut pour le remplir battre un autre ſentìer.
La Peinture eſt un Art , & non pas un mêtier.

Et vous , qu'avec ſes dons la Nature a fait naître ,
Pour remplir vos deſtins , ſongez à vous connoître.

Tout Mortel ne peut tout. Dans ce foible univers,
Ainſi que les objets les talens ſont divers.
L'un , traçant à mes yeux de champêtres images ,
Proméne mon eſprit dans de longs (1) payſages ,
Par un contraſte heureux me fait voir tour à tour
Le jour vainqueur des nuits , la nuit chaſſant le jour ,
Des rochers , des déſerts , des abìmes ſtériles ,
Ou de riches moiſſons & des côteaux fertiles ,
Un Ciel pur & ſerain , d'argent , d'or & d'azur ,
Ou l'Hémiſphére en dueil ſous un nuage impur ,
Des fleuves de leur onde abreuvant les campagnes ,
Ou tombant à grand bruit du ſommet des montagnes.

L'autre , avec artifice employant les couleurs ,
Imite le ſatin & le velours des fleurs.
Pour le front des vainqueurs prépare une couronne :
Aux dons brillans de Flore unit ceux de Pomone ;
Et ſemble dire aux yeux , en fixant leur regard ,

(1) L'Auteur a voulu exprimer ici la perſpective Aërienne.

Vous plaire & vous inftruire eft le but de notre Art.

Ici plus grande encor, la fière Architecture
Prend un nouvel éclat des mains de la Peinture.

Plus loin, par fes efforts, le pinceau créateur
Semble avoir furpaffé les vœux de fon Auteur :
Je voi, je reconnoi l'ame par les vifages (1).
C'eft ainfi que toujours nouvelle en fes ouvrages,
La Nature inconftante & mobile à fon choix,
Prenant en nous formant fes caprices pour loix,
Varie à l'infini les fruits dont elle eft mère,
Cet air, tout ce maintien, ces traits, ce caractère,
Que fur chacun de nous fa main femble imprimer ;
Et qu'un Peintre favant furtout doit exprimer.

Quel bras de Promethée ofant ravir la flame
A l'inftinct de la Brute ajoûte encore une ame ?
Nous fait voir des forêts les hôtes tous égaux,
De l'homme fier & vain plus fuperbes rivaux.
Plus courageux, plus fiers, plus foumis, plus dociles,
Plus juftes, plus prudens, plus chaftes, plus tranquiles,
Plus fobres, plus actifs, aux travaux plus conftans,
Plus fidéles amis, plus fidéles amans,
Rois de cet univers, fi la fourbe & l'adreffe,
L'artifice toujours appui de la foibleffe,

(1) *Ex vultibus eorum cognofces eos.* Petrone.

Et les piéges couverts à la force tendus
N'étoient pas des humains les premières vertus.

Ainſi, de mille attraits ta main, docte Peinture,
Orne, éléve, embellit, enrichit la Nature,
A ſes moindres effets fait nous intéreſſer ;
Et pour la rendre mieux cherche à la ſurpaſſer.
Ce Ciel, ſi varié dans ſa vaſte étenduë,
Diaphane & mouvant ſemble fuir à ma vûë.
Le criſtal de ces eaux, l'ombre de ces forêts
Contre les feux du jour m'offrent un libre accès.
Que j'aime à m'égarer ſous ces vaſtes Portiques,
De l'orgueil des humains monumens magnifiques !
Pomone a ſur ces fruits répandu ſes couleurs.
Mes ſens ſont enchantés du parfum de ces fleurs.
Les brutes, loin de l'homme, & plus ſages peut-être,
Sont libres dans ces bois & m'enſeignent à l'être.

Mais c'eſt peu d'élever les plus humbles ſujets,
D'abaiſſer nos regards ſur les moindres objets ;
Si l'Artiſte borné, ſans génie & ſans force,
De la Nature en tout ne nous peint que l'écorce ;
S'il ne cherche pour but de ſes ſoins curieux
Qu'une vaine apparence, ou le plaiſir des yeux.

Où m'as-tu tranſporté, Déeſſe enchantereſſe ?
Quel nouveau feu dans moi fait paſſer ſon yvreſſe ?

Quel jour plus lumineux a frappé mes regards,
Quels chef-d'œuvres vivans naîſſent de toutes parts !
C'étoit donc peu pour toi, ſéduiſante Peinture,
De tromper par ton art, l'Art même & la Nature ;
Cet art vouloit un but & des projets plus hauts,
De plus nobles ſuccès pour tes nobles travaux.
Pour couronner ta gloire, ainſi que ton ouvrage,
Dans le fond de nos cœurs il ſe fraye un paſſage,
Y réveille à la fois la Pitié, la Terreur,
L'Amour, l'Ambition, la Haine & la fureur,
Toutes nos paſſions, ces idoles ſi chères,
De l'ame des humains tyrans trop volontaires.

Que vas-tu décider (1), inflexible Brutus ?
Quel arrêt vont porter tes farouches vertus ?
Ton fils eſt à tes piés ; ſon amour les embraſſe :
Son courage, ſes pleurs, ſa jeuneſſe, ſa grace,
Rome, qui par ſa mort craindroit de t'immoler,
Rome qui lui pardonne, & qu'il a fait trembler,
Le Peuple, le Sénat, l'Univers en allarmes,
Tenant fixés ſur vous ſes yeux baignés de larmes ;
Rien ne peut t'amollir, ta dure auſtérité
Brave Rome, ton ſiécle & la Poſtérité :
La Nature frémit de cet arrêt ſévére ;
Il meurt ! & pour bourreau Titus n'a que ſon Père.

(1) La PITIÉ.

Dans ce Palais finiftre (1), où tout fait friffonner,
Quel monftre après vingt ans ne fauroit pardonner?
Le tems qui détruit tout augmente encor fa rage.
Sa tranquille fureur, dévorant fon outrage,
Se tait, pour mieux tromper un Frère infortuné
Par fa feinte douceur dans le piége entraîné.
Que vois-je? avec horreur la Mer fuit ce rivage,
Le Soleil d'épouvante a voilé fon image;
La Terre fe diffoud: en ces funeftes lieux
Tout femble révolter la Nature & les Dieux.
Tu demandes ton Fils? Ah! malheureux Thyefte,
Fui plutôt pour jamais un climat trop funefte:
Ce fruit de ton amour, par toi fi defiré,
Déformais ne fauroit en être féparé.
Pour mieux frapper ton cœur, le parricide Atrée
De ce cœur trop fincère a fçu s'ouvrir l'entrée;
Et ce fils palpitant qu'il te fert par morceau
Dans ton fein paternel a trouvé fon tombeau!

Mortels! voyez l'excès où l'Amour vous entraîne.

Ici le traître Egyfte (2), appuyé de fa Reine,
Aidé de Clytemneftre, & pouffé par fa main,
Trop infâme adultère, & plus lâche affaffin,
Sert les affreux complots d'une femme perfide,
Au fein d'Agamemnon plonge un fer homicide;

(1) La TERREUR.
(2) L'AMOUR & fes fureurs.

Et s'apprête avec elle à partager en paix
Sa couronne & son lit pour fruit de ses forfaits.
Mais des Dieux vainement ils bravent la vengeance.
Erynnis les a vus dans l'ombre du silence :
Bientôt cette furie, excitant ses serpens,
Doit porter dans leurs cœurs ses remords dévorans ;
Présenter à leurs yeux, qu'éfraye sa justice,
Les horreurs de leur crime & celles du supplice ;
Leur montrer dans la nuit le pâle Agamemnon,
Suscitant un vengeur dans sa propre maison,
Et le Ciel punissant, juste dans sa victime,
La Mère par le Fils, le crime par le crime.

(1) Tremble, Mortel hardi, mais trop ambitieux,
La gloire vainement t'éleve au rang des Dieux.
Tremble ; si ta valeur funeste à la Patrie,
Prétend la subjuguer après l'avoir servie.
Tyran ! espère-tu faire accepter des loix
A tes concitoyens, maîtres de tant des Rois (2) ?
Rome au dessus du joug que ta main lui propose
Ne connoît d'autres loix que celles qu'elle impose.
En vain le Monde entier couronna tes vertus,
César, crain de regner, si tu connois Brutus !

Il ne m'écoute pas ; son ame audacieuse

(1) L'AMBITION.
(2) . . . . . . *Populum latè Regem.* Virg.

Pour craindre des dangers eſt trop ambitieuſe.
A de nouveaux honneurs il s'agit de courir,
Ce qu'il en a n'eſt rien s'il en peut acquerir.
Si puiſſant eſt l'excès du feu qui le dévore !
Et Céſar n'a rien fait (1) s'il peut plus faire encore.
Guidé par cet eſpoir il paroît au Sénat,
On s'empreſſe, on l'entoure.. o Rome ! o Peuple ingrat !
Eſt-ce ainſi, que pour loix prenant vos injuſtices,
Du plus grand des humains vous payez les ſervices ?
Des pâles conjurés les avides poignards
Sur ce héros ſurpris fondent de toutes parts
C'en eſt fait ! & Brutus qui de lui tient la vie,
Ce monſtre, cet ingrat à Céſar l'a ravie ;
Il méconnoît ſa voix & la main qu'il lui tend,
Furieux de venger ſur un Père expirant,
Sans frémir de ce ſang où ſa main s'eſt trempée,
Caton, la liberté, la Patrie & Pompée.

(2) C'eſt un ſecret penchant que nous éprouvons tous,
Il naît, ſe fortifie, & ne meurt qu'avec nous,
Nous aimons par inſtinct ceux qui nous firent naître
Et croyons tout devoir à qui nous devons l'être.
Notre cœur généreux, plein de ces ſentimens,
Aime à multiplier ces tendres mouvemens :
Les neveux, les amis, les parens de nos Pères

(1) *Nil actum reputans ſi quid ſupereſſet agendum.* Lucain.
(2) La HAINE.

Partagent avec eux ces respects volontaires ;
Chacun d'eux les reçoit & les rend à son tour,
Et les degrés du sang font des degrés d'Amour.
Mais quand l'indépendance amenant la discorde
Des Pères & des Fils a troublé la concorde,
Ou qu'un vil intérêt, destructeur des maisons,
Dans nos cœurs à longs traits répandant ses poisons,
Une fois a rompu ce lien invincible,
Plus le sang nous unit, plus la haine est terrible.

Thébe en vit autrefois un exemple fameux
Deux Frères, nés d'un sang proscrit, incestueux,
Surpassant en fureur les crimes de leur race
Comblerent dans ses murs leur fratricide audace.
Tous deux las de verser le sang de leurs sujets,
De s'abhorrer toujours, sans se venger jamais,
Et de commettre au sort leur rage impatiente
Choisirent dans leur bras une route moins lente.
L'un vers l'autre avec joye (*) on les vit s'avancer,
Se mesurer, se joindre, ainsi que se percer
Tomber, & ranimant leur sacrilége envie,
Poursuivre en son rival les restes de sa vie
Et contens de la perdre en pouvant la ravir
Se rapprocher tous deux, s'égorger & mourir.

(*) Ce vers doit être prononcé lentement, pour faire sentir l'espèce de joye dont je parle ; joye barbare & menaçante, & pour
laquelle notre Langue semble manquer d'expression.

A ces Frères éteints, par leur haine célèbres,
Thébes fit décerner tous les honneurs funèbres;
Et l'on réunit morts, fur un même bûcher,
Ceux, que vivans, le fang n'avoit pû rapprocher.
O prodige ! à l'inftant la flamme divifée
Se fépare fur eux, ardente & courroucée :
A travers l'épaiffeur de fes globes brûlans
On croit voir dans les airs leurs Spectres menaçans
S'indigner en mourant d'un foin qui les honore ;
Et dans ces cœurs glacés la haine vit encore.

F I N.

CARACTÈRES

DES

PEINTRES FRANÇOIS,

ACTUELLEMENT VIVANS.

NOUVELLE ÉDITION.

Malheureux qui toujours raifonne ,
Et qui ne s'attendrit jamais !
Dieu du Goût, ton divin Palais
Eft un pays qu'il abandonne.

VOLT. *Temple du Goût.*

CARACTÈRES

DES

PEINTRES FRANÇOIS,

ACTUELLEMENT VIVANS.

ES yeux s'ouvrent : j'abjure d'anciennes erreurs. Le plaiſir de médire le cède à celui que produit dans nous le contentement, l'admiration & la joye. L'admiration paſſe pour la vertu des ſots ; mais ce n'eſt qu'aux yeux de ceux qui ne ſe ſentent pas aſſez de talens pour l'exciter. Elle eſt la marque des bons cœurs & des grandes ames : c'eſt elle qui nous échaufe, qui nous tranſporte ; & nous communique le feu & l'enthouſiaſme qui vivent dans les chef-d'œuvres qu'elle a produits. L'admiration qu'on éprouve à la vûe des grandes choſes ſemble nous acquèrir un droit ſur elles. La Fontaine admira Malherbe , & il fut Poëte.

O Hommes immortels ! & qui heureufement pour nous vivez encore, malgré ce titre fi exclufif ! vivez ; & fans confulter l'ame ingrate de quelques Citoyens obfcurs qui vous déprifent, que leur cenfure ou leur louange vous foient également indifférentes. L'une s'attache toujours aux objets qui les éblouiffent & qu'ils s'efforcent en vain d'obfcurcir : l'autre, ils ne l'accordent qu'à ceux que la Parque jaloufe a enlevés de la vie. Forcés par le torrent de la multitude, ils leur prodiguent enfin des éloges, mais parce qu'ils mortifient des hommes eftimables qui leur furvivent, & qu'ils font bien fûrs que ceux à qui ils s'adreffent ne les fentent plus.

Critiques injuftes & barbares, puiffiez-vous être loués à ce prix !

Rien n'égale mon enchantement. Me trompai-je ? & la Poëfie, faute de fujets, le céderoit-elle enfin à fa Rivale ; ou feroit-elle laffe en ce fiécle de triompher ? Tu te tais, modefte Uranie, mais tes chef-d'œuvres parlent pour toi. Pureté de deffein, charme de compofition, élégance de coloris, abondance de caractères ; attitudes fières & contraftées, groupes favans & bien ordonnés, vérité, nobleffe, grandeur, expreffion ; tout concourt à rendre mon illufion parfaite, tout fufpend les facultés de mon ame féparément, & les réunit.

Que de caractères oppofés la Nature sème ici-bas ; & qu'elle eft admirable furtout dans cette variété ! C'eft auffi l'endroit par où l'Art nous a ttache le plus. Chacun aime à fe retrouver dans fon caprice & fes goûts. L'efprit lourd & populaire fe borne à un feul genre , & n'a point d'yeux pour les autres. L'efprit fuperficiel & inégal voltige indifféremment fur tous. Le bel-Efprit raifonne & les difcute fans les fentir : foible reffource pour fa vanité ! Une grande ame les embraffe tous.

Répond-moi, célèbre Chardin ! Quand la Peinture jaloufe furmontant enfin ta philofophie & ton indifférence , pour des fuccès à la vérité trop certains , peut te faire reprendre en main fes pinceaux, & tracer à loifir ces images de la Nature fi fincères , fi affectueufes, fi naïves ; quelle magie , quel art inconnu jufqu'à toi, peut diriger leur méchanifme enchanteur ? Tout plaît dans la décoration de tes Tableaux, leur fujet & leur exécution. L'œil trompé par tant de légéreté, & la facilité apparente qui y regne , voudroit en vain par fon attention & fes recherches multipliées, en apprendre d'eux le fecret ; il s'abîme, il fe perd dans ta touche ; & laffé de fes efforts, fans être jamais raffafié de fon plaifir , il s'éloigne, fe rapproche, & ne la quitte enfin qu'avec le ferment d'y revenir.

B iij

Que ton exemple & tes fuccès font féduifans ! Un transfuge de l'Hiftoire, épris comme toi des charmes négligés de la Nature, oublie quelquefois les faveurs dont Clio l'a comblé (1), pour mêler à fes lauriers quelques-unes de ces fleurs fans nombre dont ta tête fe couronne. Il n'eft pas le feul.

Un Athlète fameux dans la même lice (2) fe plaît à fortir de fon genre pour badiner favamment. C'eft un Géant qui fe baiffe pour habiter fous nos humbles toits. Il fait que les fujets fimples font le charme des cabinets ; & fon génie docile fe rappetiffe fans fe rétrécir. Il n'a jamais peint des Tableaux Flamands, & ceux qu'on voit de lui féroient adoptés par les Peintres les plus vantés de cette Nation. C'eft un Etranger qui fe trouve dans une plage inconnuë, & qui dès le lendemain, au grand étonnement de ceux qui l'environnent, parle la langue du pays.

Quel eft ce jeune Emulateur des Téniers & des Braur, de qui le vol hardi & fubit femble tendre à la gloire fi directement? A peine il s'offre devant le Temple de la Peinture, que cette Déeffe avec joye lüi en ouvre les portes (3). Qu'un autre qui auroit

(1) M. JEAURAT, Peintre d'Hiftoire.
(2) M. HALLÉ, auffi Peintre d'Hiftoire & qui excelle dans les Bambochades.
(3) M. GREUSE, excellent fujet, nouvellement agréé à l'Académie.

moins de modestie regretteroit le long tems où cette modestie l'a retenu caché ! Mais des talens murs & & réfléchis sont le fruit de cette utile retraite. Paroissez Amateurs (1), gens du bel-Air, hommes élégans, venez ! on attend vos conseils : osez juger une fois avant le Public : sachez du moins prévoir les événemens ; & cessez, croyez-moi, de prendre frivolement dans vos goûts le ton du siécle, ou les yeux de la Fortune.

Van-Huysum est mort ; mais sa gloire & son nom ne mourront jamais. Ses ouvrages nous restent, & feront le charme de la postérité la plus reculée. Oserai-je le dire ? Peut-être un jour cette postérité demeurera incertaine. Elle doutera entre les siens & ceux d'un Van-Huysum François qui respire de nos jours. Le procès restera suspendu : & ceux qui prendront sur eux de le décider, ne le feront probablement qu'au préjudice du Peintre leur compatriote. Bachelier sera préféré en Flandres, Van-Huysum à Paris (2).

Tant de talens, & si peu flatés, me rappellent

_____

(1) Faux Amateurs. Espèce plus dangereuse que les sots.

(2) Ma prophétie ne s'est trouvée que trop vraye : j'apprends aujourd'hui avec regret que M. Bachelier peu accueilli, quoique très-loué dans le genre des Fleurs, qui peut-être ne sympathise pas assez avec la vivacité Françoise, s'apprête à passer à celui des Animaux. Il y a tout lieu de croire qu'il y remplacera le fameux OUDRY.

cét Artiste qu'on a vû trop long tems triompher sur les bords du Tibre , & que Paris désormais se promet de voir reposer dans son sein. Que de lauriers il rapporte de ces bords jaloux ! & qui pourra jamais croire qu'une seule main en ait ~~tout~~ *tant* cueillis ? Que de naturel ! quel feu ! quelle verve & quelle abondance ! Vernet, unique dans son genre , laisse bien loin derrière lui tous ceux qui l'ont précédé dans la même carrière ; & fait le désespoir de quiconque osera le suivre. A la fougue épurée des Vander-Cable , au naturel exquis des Lorrain, il joint tout l'esprit, toute l'expression & la touche ferme & saillante des Salvator (1). Aussi Poëte , mais surtout plus intéressant que ce dernier , jamais le cœur ne reste indifférent à la vûe de ses Tableaux : il se trouble comme l'Element en fureur qu'ils représentent ; il espère , il craint avec ceux qui luttent contre les flots amers prêts à les submerger; il se brise de douleur à l'aspect de ceux que leur triste sort en a rendus la victime. Quelquefois aussi, plus tranquille, mais non plus content, il goûte en paix sur le rivage , avec de moins infortunés , les délices du port.

(1.) Ces trois Peintres très-renommés ont fait d'excellentes Marines. Salvator , qui étoit Poëte , a fait des Satires. Il ne s'agit point ici de ce genre de poësie , qui n'est que trop intéressant pour la malignité humaine , & qui d'ailleurs est très-susceptible de philosophie ; mais de la poësie que Salvator a mise dans ses Tableaux. Cette poësie le cède , sans contredit, pour les graces & le beau naturel à celle de M. Vernet.

Quelle aimable variété dans les talens, & quelle
fageffe la Nature fait paroître dans leur différente
diftribution ! Quels éloges furtout ne méritent pas
ceux qui favent reconnoître le leur propre & s'y at-
tacher ? Je voi des portraits qu'Appelles eût admi-
rés. Ce grand homme, dit l'Hiftorien de la Nature,
exprimoit diftinctement, dans l'image de ceux qu'il
repréfentoit l'âge, le tempérament, l'efprit, l'hu-
meur, les paffions & le caractère. La Tour eft
l'Appelles de nos jours. La Tour femble ravir à ceux
qu'il peint l'efprit qui nous enchante dans leurs ouvrages (1). Son Art réunit le double avantage d'exprimer également bien l'efprit & la beauté, quali-
lités fi incompatibles quelquefois dans la Nature.
La Beauté fous fes crayons enchanteurs, loin de
perdre rien de fa fleur, femble acquérir au contrai-
re de ces graces naïves & ingénuës qui en font le
plus grand charme (2).

J'admire encore la touche ferme & vigoureufe
des Toqué, la légèreté brillante des Roflin, le mérite pittorefque des Péronneau, la pratique égale à la
théorie, & le tact merveilleux & enchanteur des Rou-
quet; la fincèrité naïve des Aved, la fomptueufe

(1) Les Artiftes & les gens de Lettres, dont ce Peintre Philo-
fophe a fait les portraits en grand nombre.
(2)   Et la grace plus belle encor que la beauté.
                                        La Fontaine.

magnificence des Nattier! (Les efforts généreux de ceux qui parcourent avec succès la même carrière ne m'échappent point.) Ces deux derniers semblent se rencontrer exprès pour former entre eux le plus parfait contraste. L'un nous retrace dans ses beautés solides & vraies la marche égale & prudente du Batave constant, dont l'instinct éclairé ne se dément jamais. L'autre nous représente dans ses Tableaux tout le faste & l'orgueil de la Nation Françoise, cet éclat, cette envie de briller si marquée qui la caractérise. C'est avec raison qu'un Poëte (1) dans ses vers lui donne le titre flateur de Peintre de la Beauté : heureux, si comme elle, il ne fardoit trop souvent ses charmes ingénus, pour la revêtir d'ornemens ambitieux qui la déparent.

Je plains la dure sujettion où les Arts sont réduits. Quelle extrême tyrannie l'amour-propre n'exerce-t-il pas sur nos Peintres, surtout lorsque ce sont des Femmes (2) qui la leur font sentir ! Telle veut se contempler dans un Tableau, parce qu'elle ne peut se regarder dans un miroir. Ses mains diligentes ont dévancé l'Aurore pour apprêter le charme qui doit fasciner les yeux du Peintre. On se contente de blanchir un mur qui auroit besoin d'être relevé jusque dans ses fondemens. La céruse & le fard sont em-

(1) M. Greffet. Epître à M. Orry, Contrôleur-Général.
(2) Ceci ne regarde pas toutes les Femmes.

ployés, on se tient sur la défensive : le Peintre paroît ; & quel étonnement pour lui ! il faut qu'il se réduise à copier servilement un art grossier, lorsqu'il s'attendoit à imiter la Nature.

Dieux ! que voulez-vous dire ? Est-ce bien moi ! Quels yeux ! quel front ! quelles jouës pâles & inanimées ! Vous ne m'avez point vûë, ou vous songiez à d'autres en me voyant. Allons bien vîte raccommodez-moi tout ceci : prenez votre palette, vos pinceaux ; mais rêvai-je ! Je n'y apperçois ni rouge, ni bleu, ni blanc ! O Peintres François qu'on a bien raison de blâmer votre coloris ! .. Est-ce tout ? le Peintre écoute : on parle toujours. Cydalise approuve, condamne, ou réforme à son choix. Cydalise en un mot dicte au Peintre son portrait, article par article, comme elle doit dans peu dicter au Notaire son Testament.

Ne vous assujettissez point à ces caprices, Peintres austères & peu complaisans. Que votre génie se déploye tout entier dans l'Histoire : c'est un champ libre, plus vaste & moins dépendant. Là vous êtes les maîtres de dispenser au hazard, & d'attribuer sans choix à vos personnages des traits chimériques, enfans de vôtre seule imagination. Les passions diverses exigent de vous différens caractères, & les Beautés anciennes ne nous ont point laissé de Mémoires. Là vous pouvez enlaidir, & même marquer du fceau de la réprobation indifféremment, l'impie Jéfabel, laféroce Athalie, ou la belle *Efther* (1).

Savant Tefrout, perfonne mieux que toi n'a connu tout l'avantage de ce privilège, ni n'en a ufé plus abondamment. Digne neveu du Turpilius (2) moderne, ta main fous lui s'eft exercée à mouvoir fans effort les plus grandes machines. Rien n'égale la fierté de ta touche & de ton deffein. Tes airs de tête fe fentent de fa fureur. Mais bien différent de ces Peintres corrupteurs & dangereux (3) qui cherchent à embellir un fexe déja trop aimable, & à augmenter la force du pouvoir que nous lui connoiffons, jufque dans la repréfentation des événemens les plus reculés ; ton génie brufque & intraitable n'a jamais ployé fous cette fervitude. Dans eux c'eft le triomphe de la Beauté, dans toi c'eft celui de la Grace que nous admirons. Je reconnoi dans tes Tableaux l'ordre admirable de fa Providence. Ce font-là les inclinations vraiment dignes de fixer l'amour permanent de nos Patriarches. Ce font-là les beautés *mâles*, feules dignes de figurer dans l'Ancien Teftament.

(1) Tableau de M. R.. expofé en 1753.

(2) Turpilius, Chevalier Romain, peignoit de la main gauche. M. Jouvenet a fini fon beau Tableau du *Magnificat*, qui eft dans le Chœur de Notre-Dame, de la même main. Il étoit devenu, quelque tems avant fa mort, paralytique de la droite.

(3) Comme, par exemple, Raphael, le Guide, le Parmefan, le Baroche, fon gracieux Elève, &c.

On peut parvenir aux honneurs de son Art par différens chemins. Les Ris & l'Amour en ont frayé la route au Corrège moderne. Sa main cueille des roses où les autres ne rencontrent que des épines. Quel feu, que d'esprit, quelle onction, & quelle harmonieuse aisance ! Platon jadis accusoit certains Philosophes de n'avoir jamais sacrifié aux Graces ; Je n'ose faire à quelques Peintres , & surtout à quelques-uns de nos Ecrivains François le même reproche ; mais Boucher ne l'encourra jamais. Son imagination vive & abondante ne s'est point bornée à ce nombre. Boucher en connoît plus de trois : ses yeux ont vû plus d'une Vénus : il semble dans ses rêveries tendres & passionnées, que ce Peintre privilégié ait assisté à tous les mystères de l'Amour.

Dois-je t'oublier ici, toi son Rival de gloire (1), choisi par un des plus zélés protecteurs (2) des Arts, & placé de sa main comme à leur source, pour diriger la marche de nos jeunes Elèves, & modérer dans eux l'yvresse du talent. Faits pour habiter sous le Ciel le moins tempéré , & recevoir leurs idées de la présence immédiate du Génie, il voulut que ta sagesse leur servît de guide ; que ces Aiglons ambitieux devenus plus timides à ton exemple, s'accoutumassent, mais de loin, à contempler cet Astre

(1) M. Nattoire, Directeur de l'Académie de Rome.
(2) Feu M. de Tournéhem , le Colbert de ce siécle.

brûlant d'un œil ferain & fans s'éblouir. Chez toi le feu fubjugué de l'enthoufiafme le cède par tout à celui du bon fens. Ton guide fidèle eft le fcrupule, ta Divinité cherie l'exactitude. Tel fut cet ingénieux la Motte, qui peu propre à recevoir les impulfions du génie, fe fervit en fophifte de fa raifon pour l'oppofer au fentiment.

Quel mérite naiffant fe développe tout à coup, & nous étonne par fa véhémence & fes tranfports (1)? O cendre de Parrocel, eft-ce toi qui te ranimes !... Mais non : cet Artifte fit affez pour fa gloire. N'accufons point la France de ftérilité. Les grands Hommes y font communs fi les protections y font rares. Un rameau d'or enlevé de fon tronc fertile, il en reparoît bientôt un autre plus vermeil & plus floriffant. Nation cherie des Dieux, demeure tranquille, quel bonheur eft le tien ! fous un Ciel pur & fans nuage, ton fein heureux fécondé par la Nature, s'ouvre fans peine aux plus riches productions. Tu portes dans toi les alimens les plus purs de la vie & le germe brillant des Arts. Un ASTRE FAVORABLE te réjouit par fon afpect : nul obftacle ne t'environne. Tu n'as à combattre que l'ingratitude de tes citoyens (2).

Deux Rivaux s'élancent de la barrière, tous deux

_____

(1) M. de la Ruë, Peintre de Batailles, Élève du fameux Parrocel, qu'il promet d'égaler.
(2) Cette réflexion regarde les Artiftes en général.

animés du même feu. L'un profond, exercé & maître de son pinceau, dédaigne de médiocres succès, & paroît fait pour les plus grandes ordonnances (1). L'autre semble défier dans la fougue de sa composition & par les morceaux d'Architecture les plus brillans Jean Paul, Bibiena & Pirranèze. Quelquefois il ose s'élever jusqu'à la sublime sagesse du Guide (2). Un troisième les suit avec activité, il les presse, & sans quelques pas moins heureux se verroit sur le point de les atteindre (3). C'est avec une joye mêlée de sensibilité que nos yeux se tournent sur ces jeunes concurrens, qu'ils regardent comme des vainqueurs. Chacun rapproche le terme & la récompense qu'ils se proposent. Tous deux sont faits pour se couronner de lauriers, tous deux semblent dignes de partager entre eux la même couronne & les mêmes honneurs.

Un Athlète fier & majestueux s'avance. Il marche dédaigneux de courir, il marche, & le dernier de ses pas doit remplir la carrière. Sa main triomphante semble lever le rideau, qui jusqu'à nous avoit paru voiler la Nature. Il découvre à nos yeux les trésors dont les saisons différentes ont coutume de l'enrichir. C'est des mains même de cette Déesse qu'il tient ses

(1) M. Vien. Il a bien tenu parole.
(2) M. Challe.
(3) M. le Lorrain, génie plein de feu.

pinceaux. Elle femble fe plaire moins dans fes propres productions que dans fes ouvrages. Elle s'y trouve auffi fimple, auffi vraye, auffi touchante & de plus embellie. Son génie actif & puiffant parcourt à la fois la Mer, la Terre & les Cieux. C'eft dans l'Olympe qu'il prend ces traits riches & lumineux, dont il relève notre humanité & la décore. Il ofe repréfenter tour à tour, & de leurs vrayes couleurs, les plaifirs & la majefté des Dieux, demi-Dieu lui-même. Ce n'eft ni le Corrège, ni le Titien, ni Rubens; c'eft Vanlo.

Je cherche, après lui dans ce Temple, un génie prématuré que les Arts ont enlevé au monde, & que le monde voudroit enlever aux Arts. Je m'informe, je parcours, & je demande vainement à voir, à admirer, au moins quelques traits de fes pinceaux immortels. On me répond: les Dieux nous le cachent, pour nous le rendre enfuite avec plus de fplendeur. Admis dans leur Affemblée célefte, il y puife ce feu, cette majefté, cette onction fublime qu'il doit bientôt répandre au profit & à l'étonnement des mortels. Bientôt il va paroître, environné d'une nouvelle lumière. Quel œil foutiendra la majefté de fon front? Son éclat vainqueur va frapper & confondre fes Rivaux (1).

(1) M. Pierre occupé pour lors à la Coupole de S. Roch, & qui vient d'achever au Palais-Royal un magnifique Plafond.

F I N.

FAUTES A CORRIGER.

EPigraphe, vers 4. modo me ponit, *lisez* modo ponit.
 Ibid. De Arte, *lisez* Epist. lib. 11.
 Page 6. vers 16. essort, *lisez* essor.
 Même page, vers 20. il consume sans fruits, *lisez* sans fruit.
 Page 13. vers 3. acquerir, *lisez* acquérir.

Fautes qui se sont glissées dans les Caractéres.

C'en est une peut-être d'avoir oublié de parler dans ce court Essai, de MM. Colin de Vermont, Vanloo le Neveu ou Michel Vanloo d'Espagne, de M. de Lagrenée, &c. le premier, un des plus grands Dessinateurs de l'Académie, en nos jours, & peut-être de l'Ecole Française, le second Portraitiste d'une singuliére vérité, digne du nom qu'il porte, le troisiéme, nouvellement agréé à l'Académie, Peintre d'histoire, & qui promet de marcher sur les traces de son illustre Maître. Ainsi que de quelques autres qui doivent m'excuser encore plus volontiers que ceux-ci, & sentir qu'il y a bien de la différence entre un ouvrage de goût (je veux dire où on le cherche) & un simple Catalogue.

Page 4. *ligne* 11. des hommes estimables, *lisez* de quelques hommes estimables.
 Même page, *ligne* 16. Rien n'égale mon enchantement. Mettez un point d'admiration après ce mot.
 Page 8. *ligne* 5. tout cueillis, *lisez* tant cueillis.
 Page 11. *ligne* 17. assujettissez, *lisez* soumettez, à cause du mot de sujertion qui est à l'autre page.
 Ibid. *ligne* 23. de votre seule imagination, *lisez* de votre vague imagination.
 Page 12. *ligne* 10. Corrupteurs & dangereux, *lisez* sacrilégement dangereux.
 Même page, *ligne* 21. & 22. intraitable, *lisez* inventif, comme dans la première Edition.
 Page 16. *ligne* 19. cette majesté, *lisez* cette élévation.